転生の繭

本多忠義
Tadayoshi Honda

書肆侃侃房

転生の繭＊目次

雲ひとつない空に
口ぐせをささやく
「ちょっと待ってて。」
「ちょっと　待ってて。」

転生の繭

やさしい死体

ひかりにはなれないひかり脱ぎ捨ててしまうにはまだやさしい死体

錆びついた電灯だから何事もなかったようにきみへ踏み込む

ささくれのあとうっすらと滲む血を見ていた味気無い夜終えて

中庭のオブジェに雪は貼りついて待合室で二度咳をする

やめたっていいんだよってうつむいてわからないからてのひらの雪

片隅に伸びた輪ゴムが落ちていてわたしはひとり残されている

降りそうな空に落ち着く例外はなく触れてきたものよ流れよ

失えば声もひとつの信号を曲がった先の雲にすぎない

指先をかすめて揺らぐカーテンが立ち入ることを許さぬ眠り

亡骸を引きずり歩く夏草の確かになびくほうへ呼ばれて

あたたかい砂をすくえばあたたかい声いまここでわたしは爆ぜる

鳥の夢

中指の爪だけはやく伸びている大事なひとの名は忘れても

消えてゆく灯り見送り歩きだす星を零した責任をとる

諦めたような一声鳴き残し影さえ深くなりゆく鴉

どうしても見えないものは信じられないから爪を立てられている

靴下を脱ぎながらふとおもうのは月の砂漠のとかげのことだ

母の手を受け継いでいる外側へ曲がった指を抓んでみたり

朝が来ることにどうやら慣れすぎてしまいましたね星を忘れて

コンタクトレンズを洗う指先も曖昧になる月が出ている

鳥の夢果てていつしか寝転んだ草の匂いの広がる朝へ

ミックスジュース

ここからの夜景がとてもきれいだと教えていたら虹が出てきた

左手に傘を持ち替え花を摘むランドセルとは似付かぬ色の

花びらに縁取られている水溜まりもう泣き止んだ空跳び越えて

どの曲も同じに聞こえドライブという名のオルゴールに閉ざされる

蒸し暑い夜約束をした道に入居者募集の看板が立つ

星を売る自動販売機が増えて日に日に空は干涸びてゆく

壁掛けの時計眠りにつけないで四十二秒を行ったり来たり

マスターがあごひげをなで低音で二度繰り返すミックスジュース

コーヒーが飲めないことを知られたらきっとなでられそうで笑った

きみもしてくれたとおもう袖口をつかんで白いほこりを拭う

舌を嚙む素振りを見せて世界には天使が入り込みすぎている

柔らかすぎる雪のことなど

初雪の便りが届く中庭を行く木曜のセグロセキレイ

爪に傷残されている親指を浸せば浸すほどに新月

あなたには言えない星が映されてプラネタリウムで目を閉じている

雪が降り出しそうだった寄りかかり灯りのついた部屋を数えた

電線がはらはら落とす雪を聞く苦しまないで済む嘘抱え

ばいばいと手を振るやがてその意味を知る頃ぼくは何者だろう

首に手をかけられたなら受け入れてしまうと思う夕日が沈む

知りたくはないことばかり寝たふりをして緩やかに世界を変える

言いかけてこぼれた吐息見送れば冬の花火も終わりのようだ

無防備なからだ静かに脱がされて月の色さえ浮かんでこない

てぶくろのほつれ小指で持て余しふたご座流星群とつぶやく

曲名が思い出せない夜だから遠回りして帰りましょうか

靴底の小石擦れて響きあう今なら月へ歩いて行ける

一粒の砂これこそが消え果てた星のひとつであるとするなら

満月に降る雪ふいに懐かしく息をするのも許しはしない

鼻歌を続けて朝になるまえに秘密をひとつ交換しよう

月がまた呼び寄せている必要のない痛みまで抱えた雲を

ありえない空を見上げるこの先の夜などすべて耐えうる両手

水滴が揺らめく窓を指先で拭ういちばん光る星まで

ぼんやりとしているほうが星空に溶け込めそうで眼鏡を外す

揺れ動く影を鎮める星の名を知らないことを言い訳にして

指先の疼き含めばどこかからが現か気付かないままの月

大切なもの大切でないものを振り分けている一面の雪

月影の重苦しさに目を閉じる生き抜く意志を転がしながら

手を振って残らず忘れようとした柔らかすぎる雪のことなど

オリオンがきれいいつしか仰ぎ見ることさえ罪になるそのまえに

指先が順に溶けだしてゆく目を閉じてささやく空の彼方を

星空を見上げなければ気付かないことがたくさんあるから歩く

アコーディオンカーテン閉めるようにこの空を見届けなさい　おやすみ

かなかな

草色の旗ほどけそう母を待つ停留所にて靴下を脱ぐ

鬼が手をついた石から蜩の声に紛れてゆく雨蛙

丸顔の狛犬がいて撫でられてますます丸くなる昼下がり

かなかなを知らないひととかなかなに包まれている白樫の下

石壁に顔のぞかせる紫陽花を見渡す七分遅れの時計

これもまた空の青さのせいだろうカブトムシ頭だけ残されて

潰された蚊の血のひどく鮮やかな左手首の脈打つ真昼

そこにあるただそれだけの指を見る薄暮に咳を繰り返すひと

喉元に雲湧き上がる感覚を思い出そうとして夕迷い

草刈りを終えて飛び交う虫を手に閉じ込め誰に見せるでもなく

飛び石を渡る昨日の抜け殻がどうか明日もありますように

蜩の声に続けて鳴く雀遮光カーテンにも朝は来る

狼もあの日の空も見ることは叶わぬ狼石に手を乗せ

青い封筒

逃げ込んだてんとう虫が壁の絵を斜めに降りている薄明かり

蜘蛛の巣の獲物は白く窓越しに私は喉の渇きに気付く

目を閉じてしまえばそれも手を洗うような自然な暴力になる

烏龍茶飲み終えたならあなたとも終わりだだから右へずらした

消印のぼやけた青い封筒はじわり切れないはさみで触れる

いっそもう忘れたことも忘れようインクのついた小指を撫でて

いきたいと願ったらしいどの指もあなたに触れず返されている

痙攣の止まない小指テーブルにあずけてどうぞお帰りなさい

トゥインクル

教室にひとりだれかが水道の蛇口を閉め忘れて春の虹

トゥインクル夢の欠片のようなこのトマトの苗を抱えて帰る

きみどりのカエルポンプを押しまくる君には悪い虫など来ない

砂利道を歩くとふいに学校が好きとだれかが話しはじめる

すこしだけ離れて走る週末は水たまりだった土を踏みしめ

リトルサマーキッスの甘い名のとおりなるはずだったトマトがあった

鼻に葉を近付けあってそれぞれのトマトの匂い絡まる午後へ

さざめく夕べ

中庭の白詰草に雨が降る割れたガラスを片付けている

砂浴びに夢中になっているすずめわたしはいつもより右を行く

立葵なぎ倒されてなお赤く蒸し暑い日を始めるまえに

目の前を飛び交うつばめむずがゆい砂利をなおさら踏みしめ歩く

立葵見送るように砂利道の向こうの森のさざめく夕べ

いつのまにコスモスわたしよりも背が伸びてしずかに夏のおわりに

校庭と呼べない場所で手をつなぐキンモクセイに目を閉じながら

忘れてしまったことを

この国の匂い広がる麹屋の看板まではゆっくり歩く

信号の真上の蜘蛛の巣に光る雫忘れてしまったことを

骨髄の文字黒々と浮き上がる春の香のする封筒覗く

二階からピアノの音が漏れてくる夢の色など話した帰り

夕立がかき消す言葉聞きたくて聞きたくなくて早足になる

横切ってゆく黒猫の尾は丸く寝言で漏れた名を付けておく

黒革の文庫カバーはあたたかく乗り過ごしそうで栞をはさむ

肌を刺す日射しを溜めたポストから暑中見舞いの麦わら帽子

鳴きだした薬缶を鎮め抜け殻のひとつとひとりの午睡に落ちる

テーブルの木目をなぞる泣きかたを忘れないため泣いているだけ

夜をさす指を見つめる音だけが響く花火の色を重ねて

空を描く

屋根伝う雀に起こされる朝の雲ふくやかに四月へ入る

鶩の響く屋上水溜まりだらけを爪先立ちで巡れば

人波に紛れて透かし橋を行く誰かを探している顔のため

泣いている訳を知らないぼくはまた抱きしめながら歌をつなげる

完成が近付く遊歩道脇の決して乾かぬ水溜まりの雲

西を向くひまわりひとりフィボナッチ数列とかいうものをはらんで

全開のドアの向こうは夏の雲迷わず青い車に決める

僕たちは希望だ夏の坂道を転がり落ちてゆく石よりも

折りたたみ傘をいただく八月の曇った空の色そのものの

いつもとは違う足から靴をはく手ぶらでいたくない夏もある

寄りかかる窓を探した夏空が記憶を擦り抜けて近付いて

靴ひとつ流されてゆく欄干に雲ひとつない空を描くひと

どこまでも許されている秋の庭山雀を目で追う先の青

アーチ

冬の虹呼び止められたからだだけここから急に不確かになる

見送ればあなたはぼくを指差して流れ星だと無邪気に笑う

懐かしいから立つ霜が融けるまで頬を突き刺す星の真下に

なにもない家ですだから帰り際星に気付いてくれてうれしい

雨のなか飛ぶモンシロチョウ窓ガラス一枚分の時間が沁みる

爪を切る横顔がある明日には忘れてしまう日射しのかたち

蔓薔薇のアーチを抜けてふりだしに戻る切り離せない青空

嚙み跡の滲みに比例して夏の終わりに空は広がるばかり

消えてくれないのです

採血を終えてわたしを抜け出した血を分けている指を見ている

蜘蛛の糸絡まり光り輝いてコスモスだけが伸びてゆく夏

横文字を使いたくない色になる枝垂柳に降る通り雨

言い合いを続ける客と店長を背にして口にするムール貝

盗難のニュースの最後黒猫が美術館前広場を過ぎる

通り雨含んだすだれ撫でているだれかが話す声聞きながら

お辞儀してメガネを飛ばすひとが書くか細くはない私の名前

土踏まずだけほめられて靴下をはくささくれた指の私だ

首の骨長いと言われ病院を出るコスモスの揺れる夕暮れ

くぐもった声付きまとう秋の道アスファルトの欠片を蹴飛ばして

誰も詩を口にしないから夕映えがなかなか消えてくれないのです

夜

爪の色形をおもう星のない夜だからいつもより鮮やかに

地を撫でてゆく雨音が上手とは言えない母の歌となる夜

蜩の鳴き出す夜明けカーテンの木々へ木の葉へ裸眼で触れる

頰杖をついて夜明けの闇にいるノイズ混じりの曇りのち雨

遠のいてゆく昏い闇追いかけて分かりあえない朝焼けになる

蝋燭を吹き消すまでの雪がれた時間この世を閉じる間際の

空赤く迫り来る夢朝までに瞼を縫ってしまえとばかり

気の抜けたサイダー含み冬の雨眺める跳ねる繰り返す口

風のある夜だからこそ味わえる玉こんにゃくの割り箸を噛む

雪を掃く音うとうとと耳の奥夢の続きに戻れるような

隠しごとしている袖にチョコレート色のボタンのしがみつく夜

きみに外される夜更けを想いつつ手に取る青く重いメガネを

雪になりそうな夜にはどこまでもあらがうためにふといクレヨン

転生の繭

とりあえず迫った紅い電灯へ久遠の罪を着た蛾のように

体温に気付けば夜のその先の光にはもう辿り着けない

白い靴汚して白い服を着たひとをしずかに閉じ込める夜

やがて飛び降りる日のため撫でている錆ひとつないクリーム色を

青いとはあきらめること紫陽花のふくよかさから逃れて帰る

冷房の音に重なり寄せてくる太鼓は遥か流転の森の

夏雲を映すピアノの夢現その鍵穴をあなたと覗く

夕映えでなく夕映えを背に受けて伸びゆく木々の深さを想え

姉の手を思い浮かべて夏の道立入禁止に踏み入るように

星空に気付けたことが何よりもうれしいそしてすこしくるしい

故郷となる坂道を上るとき木々の間にわたしは遠い

ほんとうに会いたいひとはこの場所にいなくて星と嘘を重ねる

遠退いてゆく意識から抜け出した両手がすくうエウロパの水

学校を出る花瓶から飛び降りた赤一片はそのままにして

迷いなく潰すこの手は迷いなく抱きしめているこの手に同じ

求めても叶わぬ雲が揺れている解けないから風はかなしい

青白い光を見上げ生きていくことに決めたのだから孵ろう

雪のない別れも別れ停車駅告げるアナウンスに寄りかかり

十二月の雨降り止まずあたたかい人をぽつぽつ浮かべて帰る

足跡を踏みしめる冬時として不規則であることは眩しい

星空に解き放たれてゆく冬の花火三箱分の痛みを

積み上げた石に降る雪耳奥に残るにはまだ熱が足りない

白い息確かめたその指先が向かう形見の犬の鼻先

加湿器の蒸気の向こう雪は降り月長石の香りをおもう

春の雪記憶に溶けて転生の繭に内から外から触れる

運河を渡り、あなたに戻る

莫蓙の跡残るからだは夕立の終わりからまた始まるかたち

言うことをきかないものが溢れだす爪よりほかに見るもののもなく

迷うたび風が余計なことをして教えてくれる坂の街です

線でしかなかった昨日風鈴の初音広がる運河を渡る

中国語飛び交う街でつながれる手はささくれのないほうの手で

選ばれて在る喜びも苦しみも溶かして常盤色のグラスへ

風抜ける部屋のあかりに寄りかかり指輪の位置を決めかねている

抜け出して星を探してカーテンに撫でられてまたあなたに戻る

スターマイン

単色が好きと答える妻に降る雨上がりの夜空のスターマイン

木が邪魔をするけど今日はそれでいい片目に欠けた花火を刻む

特別な一日として引き渡す線路の向こう昇る朝日を

薬指だけ折り曲げている夕べ緩い指輪へ息を被せて

はみがきこ飛ばした跡が壁紙のすすきにならい首をかしげる

妻と漕ぐスワンボートを撫でてゆくシオヤトンボの軌跡煌めき

知らない空をきみと知りたい

点滴の連絡を受け走り出すスーパームーンの広がる空へ

カーナビは当てにならない月だけが際立つ簡易郵便局前

ダイシンのシの字が消えた看板を見送り線路を隔てて走る

手品師の赤い唇開かれて水に棲めない身体に気付く

妻の口から生まれ出る液体が　琥珀色　ごめん　琥珀色　きれい

朦朧とする妻の横説明を聞く身代わりに手術する気で

一時から手術と言われ食堂で選んだ生姜焼きがしょっぱい

空として広がる空のほかにまだ知らない空をきみと知りたい

花開く香りに満ちて重ねあう手はあたたかなひかりのかたち

「見ますか」と訊かれて「はい」と答え見る小指のような妻の虫垂

ここにいることにしたんだ手をつなぎ姫岩垂草踏みしめながら

「屋上にコンビニあるよ。」

屋上に住みたいと言うひとすじなきみに桜の降る昼下がり

見回りの途中でカモシカを見かけ家庭科室にトルソーといる

車いすだから始めよ恋愛を野球をドラムをエレキギターを

ひとつだけはぐれたチューリップの赤に気付いたきみが書くか細い字

イヤホンを落としたYのため柵を乗り越え五月の屋上に立つ

教室のナマズがひとつ水しぶき（おれるおよがす）（つつくつめよる）

蟻が引く羽は雨上がりの空が投げたピックのひとつだ今朝は

「屋上にコンビニあるよ。」一言で転入生のつかみはＯＫ

思いきりボールを打ってほめられるここは日本で唯一の廊下

黒板を消し忘れる子が丁寧にホワイトボードを消す参観日

植え込みで羽化する蟬が身に纏う昨日と同じはずの大空

エアコンの風さえむしろ必要なＢＧＭとなる金曜日

虫かごを持たされたままうつむいた窓辺のクマと見つめる雷雨

駐車場係をすれば海の日も海でもなんでもない日で終わる

始業式まであと二日ロッカーのぞうさんジョウロに注がれる夏

「カメ飼いたい。」「楽譜欲しい。」と思いつくまま言うNを半分満たす

教室の扉を閉めて七人で内緒でなめる生クリームを

「先生のせいだ。」が趣味の女子たちが忘れなくなる「小人」の意味

運動が許可されるまで休み時間ごとにひたすらゾンビを倒す

増殖を続けるあまり雑になるホワイトボードのドラえもんたち

「エコなんです。」日記の横に被災した子は描く段ボールの仏壇を

下駄箱を拭くそれぞれのスリッパの出会いの訳を考えながら

蟻を蹴り飛ばす君へと泳ぎ出す綿毛にふたつ息を被せる

参考書積み上げられた３Ａのベランダに咲くパンジーの白

カモシカと見つめあう朝なつかしいこころがあちらこちらに跳ねる

屋上の隅にきらめく水溜まり閉じてなお瞼は春に酔う

ないしょ

もーにんぐあたっくひらがなにすれば許せる？　青い箱を抱えて

左手に猫の嚙みあと反対に妻の嚙みあと右手圧勝

着替えても歯を磨いても走ってもきみから生まれるプリムラポリアン

飛び出したハンドクリーム行き場なく今日はくるくる指輪が回る

麻酔までしておきながら抜くことのできない親知らずを称えよ

仲直りできる唯一の方法は季節限定ソフトクリーム

午前五時駅のホームに立つ人の今日一日を決めながら待つ

登りたくなる青ばかり集まって煙突には何が塗ってあるの

昼寝とは呼べない眠り福砂屋の蝙蝠頬に押し当てながら

「本日の展示は中止」熱愛のパンダを浮かべ下見を終える

昭栄のクロパン食べさせてくれるなら何だってやってあげるよ

玄関に並んだカエルなでながらただいまでちゅって言うんだ　内緒

風呂上がり駆け寄って来てしみじみと白髪を探すひとが妻です

長い永い廊下

壊れたと壊したの差を埋めるため気持ち長めに貼るガムテープ

未定へと変わる手術日空を見て「扁桃腺」を深く飲み込む

黒板に出席停止と書き直す乾いた咳を少し真似して

机椅子折り重なった夏休み中の廊下の影踏み渡る

追い風の吹かない廊下段々と価値の下がってゆく「ぶっ殺す」

面談を終え図書室に開かれるシム・シメールの宇宙、肉球

退院が決まり次々教室に否定ばかりを書き残すM

引き返すほどに眩しい金の鍵視聴覚室ピアノの上の

退院が決まり微妙な顔のMつばめ自由に飛び交えつばめ

夕闇にピアノが溶けてゆく校舎話すことなどなくていいから

「泣かない」は「冷たい」なのか決めかねているうち緑の扉が閉まる

突然の卒業生の訪問に出動引き出しのチロルチョコ

万引きをした子が風邪の心配をしてくれるから廊下が長い

作文は捨てると受験生は言う雪の遅さの際立つ朝に

ベランダの手摺りの雪が潔く落ちて一対一の教室

説教を含んだマスク捨てる夜これでもかこれでもかとたたみ

調査書にゴシック体で立ち並ぶ2222さあ逃げなさい

練習の入退場は三倍速生き急がずに巣立て明後日

「祝退所」名前の前に貼り付けて緑の廊下に広がる西日

「さよなら」で終わらぬために繰り返す▽を押してそして開いて

ゆらゆらら踊る風船終の日が来るまで長い廊下を照らせ

合格の知らせを持ってやって来る教え子みやぎ鎮魂の日に

色褪せたうちわの「絆」立て掛けて職員室の扉を閉める

最後の夏・K

中指の爪のあたりで思い知る高校球児は遥か年下

ライトとか四番とかよりスタメンで行ける回復力に感涙

新聞を広げて最後の夏を知る九回表の5に爪を乗せ

二回戦五打数二安打三打点最後の夏は熱く冷たい

担任としてではなくてファンとしてもらうサインはドラフトの後

「リハビリに耐えたからこそ」四年後に私のセリフが新聞に載る

二月十二日

設計もしていた営業Kさんが色鉛筆で描いた我が家

約款の甲乙躍りだす午後のコーヒーカップの生真面目な白

引き渡し翌日に壁凹ませた犯人は予想だにしない妻

まず道を作るところから引っ越しは始まる二月十二日朝

雪と土退かして仮設階段を作る二段目だけ窮屈な

記録的大雪となり引っ越しの三日後からは新築軟禁

新しい家の匂いは嗅ぎ慣れたわが子のかぐわしいおむつたち

春の咳

親のない明日をおもうミツバチがやたらとまとわりつく晴れた日に

止まらない咳にあわせて加湿器が騒ぎ始める春はなお闇

潰された卵のような空にまだ諦め切れない星が瞬く

選びとる仕事に就いたのは私爪の間の土がとれない

水雪を行く踏みしめるたびそこにあるはずだった思いを含み

杉崎に杉浦杉田ことごとく目の敵にして鼻をまたかむ

生きているから曇るのだ虹を見たマスクの上の青いメガネも

水中に投げ捨てられたままますがるものなど何もない春の咳

話すこと見つからなくて窓の外体温計が鳴るまでの雲

メス　を　い　れる

窓の外梅の木があり受話器から「緊急手術」という音がする

病院に搬送されるママを見て泣かない息子を見て泣けてくる

病状を説明するネームプレート「恵」の文字に妻を委ねる

自分より若いであろうこの女（ひと）が妻の身体に　メス　を　い　れる

不安とか緊張とかを飛び越えるストレッチャーの華奢な足音

四十分待たされ手術室へ行くやけに張り付くスリッパ連れて

そばに二人いたから頭をただ撫でた見つめた握った振った笑った

慎重にエレベーターへ運ばれる一台輸液バッグ眩しく

妻を待つ待合室の影深く自動販売機までが眠る

避難口誘導灯の白が目に染みる子宮は僕になかった

布製の何かを探る椅子ソファーひしめく夜の面会室で

四階のランプが光る今まさに僕は非常口マークの形

麻酔から覚めない妻に触れているさざ波色のカーテンのなか

ペンを置きナースステーション後にして冬の海より深き廊下へ

息を吐き救急出入口を出るここから父に戻って進む

手にドアの重さを乗せて歩き出すビルの谷間に月見えるまで

四月十六日水曜日が終わる妻にハの字の痕を残して

ひんやりと手形を残し生きてゆく二週間後の待合室へ

少しだけ膨らんでいた傷痕の硬さ高さを覚える小指

妻の背に手を当てあらゆる優しさを生まれて来ようとしていたきみへ

精算を済ませてターンテーブルは病院ではないほうへと回る

遠雷

遠雷の後訪れる昏い昼猫の鈴ふたつばかり震えて

膝頭擦って去って行く猫の忘れた熱に席を立てない

肉球が翅をもがれてもう蛾ではない塊を二度三度押す

蜘蛛の巣を取り去ってなお額へとかかる気高き一閃の槍

蟬の声深く吸い込み正しいと思う怒りとぶつかっている

渋滞のない日を終える助手席に被災証明申請書を乗せ

落ちてゆくさなかに気付く夢の中あなたには目が欠けていること

猫の鈴細かく揺れて八月を折り返すのみ冷たい夜明け

なぞるように

話し合いまとまらぬまま席を立つ道路隔てた向こうも闇夜

駄目という声渡るのみ午後二時の駐車場わたしはここにいた

閉店の貼り紙剝がれかけ古い映画のようには人は死なない

知らなくていいこと知らないふりをして窓辺のポトスの雫を受ける

傘をさすひとを見送る虹を見た子供のような顔を作って

撒くだけで甦る、ならぼくたちもいつかやりなおせるかもしれない

プールから零れた水が懐かしい名前をなぞるように流れる

生きる死ぬ無視して君に問う僕の背中の羽は何色ですか

Te adoro.　Je t'aime.　I love you.　よりも愛する人は鳥になったの

結晶として聳り立つ街並みを焼き付け昏き夜明け前へと

空のパズル

C57の吐き出す煙が撫でてゆく少年として立つ人々を

回れその光を懸けててのひらに覚えた熱が連れてくる夏

屋上に立ち見たことのない空を探す泣きたくなるそのまえに

昨日より長い夕立跳ねている雨もこころも嘘をつかない

確かめるにはまだあどけない光抱えて秋の空を覚えた

赤蜻蛉去る曇り空目を凝らし雲を十一ピースに分ける

手を握り返して風が跳ねてゆくぼくを選んだきみは正しい

石段をひとつ飛ばして駆け上がる背中を空のパズルにはめる

あとがき

自分の短歌について聞かれたとき、「う〜ん……死にたくなるような歌？」と表現してきた。不安定だから生まれるものがある、と。

結婚して、子どもが生まれて、自分の周りの環境は大きく変わった。もちろんうれしいことなのだが、何となく作品が書けなくなるのかな、という不安があった。そして東日本大震災が起こった。日々の生活に追われ、短歌に触れる時間は確実に減っていった。ほとんど何も書けない年もあり、所属していた「かばん」から一度抜けることを決めた。

それでも、短歌は生まれてくれた。心の奥底から、手のひらの上へ滲み出るように。「死にたくなるような歌」ではないものが、少しずつ増えた。新しい家族というつながりが、新しい自分を教えてくれた。もう一度奮い立たせてくれた。

約十年振りに、第二歌集へ辿り着くことができた。短歌を書き留めてきた色褪せたノートを見返すと、「二冊組で」という走り書きがあった（実際には二冊同時刊行となったが）。願いは、叶う。思いは、現実になる。

だから、生き抜くことに決めた。次の新しい自分に出会うために。愛する家族と悩み、喜び、共に歩んでいくために。

今回の出版にあたって、書肆侃侃房の田島さん、黒木さんにはたいへんお世話になりました。特に、仙台までわざわざ来てくださった田島さん、本当にありがとうございました。

この本を、そして同時刊行された『パパはこんなきもち。～こそだてたんか～』を手に取ってくださったあなたに、感謝申し上げます。心に残る歌が、ひとつ見つかりますように。

すべてを受け止めてくれた空をおもいながら

本多　忠義

■著者略歴

本多 忠義（ほんだ・ただよし）

1974年、仙台市生まれ。

山形大学教育学部卒業。

歌人集団「かばん」会員。

第17回、26回短歌現代新人賞佳作、菅公千百年短歌祭兵庫県知事賞。

著書に、歌集『禁忌色』、『パパはこんなきもち。〜こそだてたんか〜』、詩集『空凜（くうりん）』、『璃瑠（りる）』、共著に『新世紀青春歌人アンソロジー　太陽の舟』がある。


「ユニヴェール」ホームページ　http://www.shintanka.com/univers

ユニヴェール2
転生の繭

二〇一七年五月十一日　第一刷発行

著者　本多 忠義
発行者　田島 安江
発行所　書肆侃侃房（しょしかんかんぼう）
〒八一〇‐〇〇四一
福岡市中央区大名二‐八‐十八‐五〇一
（システムクリエート内）
TEL：〇九二‐七三五‐二八〇二
FAX：〇九二‐七三五‐二七九二
http://www.kankanbou.com　info@kankanbou.com

装画　寺澤 智恵子
装丁　宮島 亜紀
DTP　黒木 留実（書肆侃侃房）
印刷・製本　株式会社インテックス福岡

ISBN978-4-86385-261-7　C0092